V 700.
G.

3935.

DESCRIPTIONS

DES ARTS

ET MÉTIERS.

DESCRIPTIONS
DES ARTS
ET MÉTIERS,
FAITES OU APPROUVÉES

PAR MESSIEURS

DE L'ACADÉMIE ROYALE
DES SCIENCES.

AVEC FIGURES EN TAILLE-DOUCE.

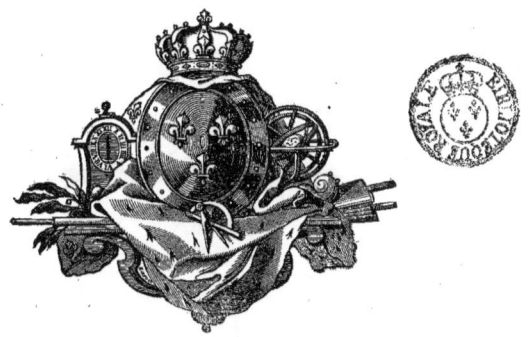

A PARIS,

Chez { SAILLANT & NYON, rue S. Jean de Beauvais; DESAINT, rue du Foin Saint Jacques.

M. DCC. LXI.
Avec Approbation & Privilége du Roi.

ART

DU

CARTONNIER.

Par M. DE LA LANDE.

M. DCC. LXII.

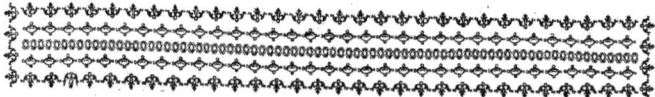

ART DU CARTONNIER.

Par M. de la Lande.

Le travail du papier que nous avons donné avec toute l'étendue nécessaire, differe peu de celui du carton, lorsqu'on n'envisage que la mé-
thode générale d'un art; cependant les matieres dont on fait usage dans le
carton, les machines dont on se sert, & l'usage qu'on fait du carton lui-
même, offrent un assez grand nombre de particularités pour mériter d'être
décrites séparément : nous avons donc cru devoir en faire la matiere d'un nou-
vel Art.

L'usage le plus intéressant du carton paroît être celui qu'en font les Relieurs de livres, qui ne sauroient s'en passer ; mais dans plusieurs autres arts,
on en fait aussi un usage fréquent : on voit jusqu'à des plafonds dorés, &
chargés des plus belles peintures, dont le fond n'est que du carton ; les boîtes couvertes du vernis le plus précieux se font avec du carton ; les Merciers,
les Miroitiers, les Fourreurs, les Papetiers, les Bourreliers, les Chapeliers,
les Cordonniers en font aussi beaucoup d'usage.

On distingue deux especes générales de carton, *Carton de moulage*, &
Carton de pure collage. Le premier se forme par la trituration à la maniere du
papier, & c'est celui par lequel nous allons commencer : le carton de pur
collage n'est qu'un assemblage de plusieurs feuilles de papier collées ensemble ; c'est une partie de l'art du Cartier : nous en parlerons cependant autant
qu'il conviendra à l'objet que nous nous sommes proposé.

Les cartons de moulage se subdivisent encore : on les appelle des *feuilles*,
lorsqu'ils sont faits d'une simple couche de pâte ; *Cartons redoublés*, lorsqu'ils ont été faits à deux ou trois reprises, & avec deux ou trois couches
différentes ; *Cartons collés*, lorsqu'on a appliqué plusieurs feuilles les unes sur
les autres, par le seul moyen de la colle.

Il y a dans le travail du Cartonnier huit articles principaux à détailler ; le
pourrissoir, l'auge à rompre, la pierre, la cuve, la presse, l'étendoir, le

liſſoir & le collage : un attelier de 25 pieds de long ſur 20 pieds de largeur ſuffit pour le travail du Cartonnier, à l'exception du pourriſſoir & de l'é- tendoir.

On prend, pour la matiere du gros carton, toutes ſortesde papiers, bons ou mauvais, mais principalement ceux qui ne peuvent ſervir à autre choſe, toutes les rognures qui ſe font ſous le couteau des Relieurs, des Car- tiers, des Papetiers, des Imagiers, ou Evantailliſtes; toutes ſortes de pape- raſſes imprimées, écrites, blanches ou colorées, vieux cartons déchirés, enveloppes de ſucre & autres drogues, étuis de chapeaux ou de fourrures, & autres choſes ſemblables.

Les Cartonniers n'auroient que trop de matieres, ſi les Libraires leur abandonnoient à juſte prix tous les livres qui ſe vendent à la rame; mais comme on en retire ſix fois davantage des Epiciers & des Beurrieres, les Cartonniers ſont réduits à ceux qui ne peuvent ſervir d'enveloppe.

Les rognures & autres mauvais papiers ſe vendent 6 à 7 livres le cent pe- ſant; à l'égard des rognures de cartes, comme elles ont plus de corps, & qu'elles profitent davantage, on les vend juſqu'à 8 ou 9 livres le quintal.

Il n'y a que les livres pernicieux & proſcrits, dont les Cartonniers ont coutume de profiter, depuis qu'il a été ſagement établi à la Police qu'on ne les brûleroit plus : on les fait déchirer & tremper tout de ſuite chez un Car- tonnier, à qui on les abandonne au prix des rognures : le prix ſe diſtribue aux pauvres. On en tireroit davantage en les vendant aux Epiciers; mais il ſeroit à craindre que la curioſité ne fît revivre des ouvrages que la prudence du Magiſtrat a dû proſcrire. Il y auroit auſſi une perte réelle à les brûler, dès-lors qu'on peut en faire uſage dans la fabrication du carton.

Les rognures que les Cartonniers achetent chez les Relieurs, valent à peu- près la moitié d'un poids égal de carton fait & liſſé; on donne cinquante livres de carton pour cent livres de rognures, ou bien on achetera 6 livres le quin- tal des rognures, & l'on vendra 12 livres le quintal du carton.

Le Cartonnier peut faire ſes proviſions de matieres en tout temps; il con- ſerve dans un lieu ſec tout ce qu'il n'a pas beſoin d'employer; & à meſure qu'il s'agit d'en faire uſage, on deſcend ces rognures dans le lieu du pour- riſſoir.

Du Pourriſſoir & du Trempis.

Le pourriſſoir eſt communément une auge d'environ 4 à 5 pieds de lon- gueur ſur 2 ou 3 de profondeur, & autant de largeur. On y fait tremper les papiers, qui s'affaiſſent & s'échauffent enſuite peu à peu, enſorte qu'ils deviennent plus aiſés à broyer, ou à triturer. Les Cartonniers ont quelque fois pluſieurs de ces pourriſſoirs; mais il eſt plus commode de n'employer cette auge que pour le trempis, c'eſt-à-dire, pour abreuver & détremper les matieres qu'on deſtine au carton; alors le pourriſſoir n'eſt qu'un eſpace libre, réſervé dans l'attelier du trempis, ſur le pavé, où l'on entaſſe toutes ces pape-raſſes en les tirant du trempis, encore dégouttantes de l'eau dont elles ſont abreuvées.

Cette eau ſe filtre en partie, & coule ſur le pavé du pourriſſoir; le reſte ſé-journe dans le tas, en humecte les parties, & y procure peu à peu la fermen-tation néceſſaire. L'eau ſurabondante s'écoule communément dans l'eſpace de la journée, après quoi elle ceſſe de couler, & la fermentation com-mence.

Il faut environ 6 heures de temps à deux hommes, pour former un trem-pis de 8 pieds de long ſur 6½ de haut & 5 de large; ce trempis de 266 pieds-cubes exige 7 à 8 jours pour la fermentation; il en faut un peu moins en été qu'en hyver; mais les Cartonniers n'ayant pas beſoin d'une extrême préciſion dans leurs travaux, ne conſultent, à cet égard, que le plus ou moins de temps qu'il leur faut pour l'employer; & au bout de la ſemaine ils com-mencent à prendre le haut de leur trempis, pour le porter au moulin.

La couche extérieure qui forme la partie ſupérieure du trempis, n'a pas communément éprouvé la même fermentation; mais à 6 pouces de profon-deur, la chaleur eſt très-ſenſible, & un peu plus bas, on auroit peine à pouvoir tenir la main: tel eſt l'état de la chaleur où il faut que ces matieres ſoient parvenues, pour pouvoir ſe prêter à la trituration.

Dans l'eſpace des 8 jours que dure le pourriſſage, le maſſif diminue de hauteur, & ſe réduit à 5 pieds environ: la partie la plus baſſe eſt la der-niere qui éprouve l'effet de la fermentation; elle eſt trop garantie du con-tact de l'air par les parties environnantes; mais comme il faut 7 à 8 jours pour employer le trempis, & que par conſéquent ſa hauteur diminue de jour à autre, les parties inférieures ont plus de temps pour s'échauffer à leur tour.

On a ſoin d'employer alternativement pour le trempis des rognures de pa-pier, & des rognures de cartes; celles-ci ayant plus de force, augmentent par leur mélange la force du carton: elles coûtent auſſi davantage; on les vend, comme nous l'avons dit, juſqu'à 8 livres le cent.

Quoiqu'on laiſſe pourrir à-peu-près auſſi long-temps en été qu'en hiver, cependant il arrive que lorſque l'air eſt extrêmement froid, le trempis qui eſt ordinairement dans un lieu ouvert, réſiſte davantage à la fermentation, ſur-tout pour la partie extérieure; alors on en couvre la ſurface avec quel-ques ſacs de rognures.

Les Cartonniers diſtinguent & ſéparent auſſi quelquefois les rognures de différentes qualités, réſervant les plus blanches & les plus nettes, comme celles des Relieurs & des Cartiers; ils en font une matiere plus propre & plus délicate pour le carton blanc: les papiers de couleur, ces gros papiers bleus dont on enveloppe le fucre, les reftes de cartons, & autres déchirures groffieres font réfervées dans ce cas-là pour le *carton bis*. Le carton bis fert aux Merciers, au Chapeliers, aux Fourreurs, pour faire les étuis de leurs marchandifes ; au refte la plupart des Cartonniers négligent cette féparation, & font leur carton avec le mélange tel qu'il fe trouve ; s'ils ont une certaine quantité de rognures d'une moindre qualité, ils les répartiffent, & les diftribuent fur les autres, afin que la différence ne foit pas fenfible.

On a ordinairement dans une Cartonnerie deux trempis, dont l'un fe fait pendant que l'autre s'emploie ; dès qu'on en finit un, l'autre fe trouve en état de fervir ; & l'on en recommence un à la place de celui qui a été totalement employé.

De l'Auge à rompre.

LES matieres que l'on veut employer dans le moulin, fe tranfportent dans l'auge à rompre ; cette auge eft quelquefois comme celle du trempis que nous avons décrite ; fouvent ce n'eft qu'un tonneau ordinaire de la grandeur d'un muid, ou plus grand, à volonté : on peut avoir plufieurs auges de cette efpece, grandes & petites ; mais ordinairement une feule fuffit pour entretenir le travail. On porte peu à peu dans cet auge toute la matiere qu'on tire du pourriffoir ou du trempis ; on la dépece, on la divife groffiérement avec les doigts, pour en ôter les parties étrangeres & les rebuts, qui font des morceaux de filaffe ou de cordes, d'étoffes de foie ou de laine, de cuir, & généralement de tout ce qui n'a jamais été papier ; c'eft ce qu'on appelle *fecouer la pilée* ; enfuite avec une pelle de bois ou un racloir de fer, on hache cette matiere du haut en bas, d'efpace en efpace, en ramenant à foi ce qui n'a pas été haché ou rompu ; à chaque coup qu'on donne de haut en bas, & le plus profondément qu'on peut, on a foin auffi de fouler avec le manche de la pelle, en l'inclinant, comme pour appuyer fortement fur la matiere ; on remue ce manche de droit à gauche, en tournant en rond, pendant que le tranchant demeure en bas, comme centre du mouvement ; c'eft-à-dire qu'on décrit à-peu-près la figure d'un cône renverfé.

Quand on a ainfi haché ou rompu quelque temps la matiere, elle fe trouve réduite en forme de grumeaux molaffes qui n'ont plus ni forme de papier, ni même l'apparence d'avoir fait corps enfemble ; alors elle fe trouve en état d'être mife dans un autre vaiffeau, c'eft-à-dire dans une cuve qu'ils appellent *la Pierre*, quoique depuis long-temps l'ufage foit de la faire en bois ; c'eft une efpece de tonneau qui a 3 ou 4 pieds de diametre, & 5 à 6 de hauteur, relié de 8 à 10 cerceaux de bois, ou de 4 à 5 cercles de fer, enterré de la moitié de fa hauteur. La pierre qui eft repréfentée dans la planche, marquée du chiffre 1, & que l'on voit féparément en *C* au bas de la planche, a 40 pouces de diametre fur 30 pouces de hauteur, on fent affez que ces

dimenfions

dimenfions font arbitraires; il fuffit qu'elles foient proportionnées aux autres pieces dont nous avons parlé, & dont nous parlerons ci-après.

Au fond de la pierre on attache avec des clous, ou fi l'on veut, avec des vis en bois, une piece de bois plate qui porte une crapaudine de fer de 5 à 6 pouces en quarré; le trou de cette crapaudine fait le centre du fond de la cuve, & reçoit le pivot d'un arbre que nous allons décrire : on appelle dans d'autres métiers *grenouille* ou *coifte* cette piece concave de métal que nous appellons *Crapaudine*.

L'Arbre eft une piece de bois arrondie de 8 à 9 pieds de haut fur 6 ou 8 pouces de diametre, reprefentée en *A*; fa partie inférieure porte un pivot de fer tenant à deux bandes de fer qui fe coupent à angles droits, & font coudées quarrément, enforte qu'elles embraffent exactement la partie inférieure de l'arbre : on peut affujettir de toute autre maniere ce pivot à l'extrémité de cet arbre, pourvu qu'il foit bien ferme, & ne puiffe pas fe déplacer par le mouvement continuel de l'arbre qui travaille.

La partie de l'arbre qui eft fituée dans la pierre, porte plufieurs pitons autour de fa circonférence : chaque piton a un trou, & l'on y accroche les couteaux; ce font 4 pieces de fer plat & large, comme celui des bandes de carroffe; elles font coudées en haut & en bas, en forme de double équerre, où comme les poignées d'une chaife à porteur; chaque extrémité fe termine par un tourillon ou mammelon qui entre dans le trou d'un piton, comme nous l'avons dit; chacun de ces couteaux a environ 20 à 22 pouces de diftance d'un coude à l'autre, & les branches qui viennent rejoindre l'arbre, ont 15 à 16 pouces; ce font ces branches qui entrent dans les pitons, & y font portées comme le feroit une porte par des fiches à gonds, avec cette différence que ces couteaux ne doivent avoir que très-peu de jeu dans leurs pitons, afin d'être forées à tourner avec l'arbre *A* qui les porte.

Cet arbre garni de fes couteaux paroît femblable à un *guindre*, ou un *devidoir*; l'extrémité fupérieure de l'arbre fe termine par un pivot qui n'eft qu'un fimple tourillon ménagé dans la groffeur du bois, & qui s'emboîte dans le trou de quelque folive ou autre piece de bois du plancher ou de la charpente qui fert à affujettir cet arbre debout, exactement à plomb fur la crapaudine qui le reçoit inférieurement. Au lieu des couteaux dont nous avons parlé, on fe contente fouvent de faire traverfer le bas de l'arbre qui plonge dans la pierre par des bandes de fer plates & couchées auffi fur le plat, ayant leur bout hors de l'arbre libre en l'air, & fituées les unes & les autres à diverfes diftances en fe croifant. Ces pieces de fer, auffi bien que les anfes que nous venons de décrire; qui ne font toutes bien fouvent que des morceaux tout brutes de bandes de charrettes ou de carroffes, fe nomment les *couteaux*; il eft vrai cependant qu'elles n'ont point de tranchant, mais tournant avec l'arbre; elles rencontrent toujours la matiere, comme par une lame, en

lui préfentant leur épaiffeur ; & par leur mouvement avec l'eau, elles ache-
vent de couper, de trancher, & de broyer la matiere qu'on a tirée de l'auge
à rompre ; elles la réduifent en une maniere de bouillie, où l'on ne fent plus
de grumeaux, à moins qu'il n'y refte quelques pieces de drap, ou autres
corps étrangers que nous avons dit être le rebut, & qui auroient échappé
à la vue ou à la diligence de celui qui a rompu la matiere. Tout cela revient
en quelque façon à la préparation de la pâte du papier ; mais dans les pape-
teries on eft incomparablement plus délicat & plus propre que lorfqu'il
s'agit du carton, comme on le peut voir dans la defcription que nous avons
donnée de l'art de faire le papier.

La matiere du carton n'étant point lavée par une eau courante, & retenant
toutes les ordures dont le vieux papier eft ordinairement chargé, il n'eft
pas étonnant qu'il contienne beaucoup de gravier ; & les Relieurs s'en ap-
perçoivent affez par la promptitude avec laquelle leurs couteaux s'ufent en
coupant le carton : on diroit qu'ils ont paffé fur une meule à éguifer.

Il n'eft pas befoin de remarquer ici fur la différence des couteaux, qu'il
y a beaucoup plus de propreté dans ceux qui font coudés & portés par des
pitons, que dans de fimples bandes qui traverfent l'arbre tournant ; ces
couteaux, en forme d'anfes, ont d'ailleurs la facilité de pouvoir fe retirer
& remettre facilement, & de ne point altérer la folidité & la force de
l'arbre par des mortaifes & des coins. Il y a des arbres où l'on emploie douze
couteaux, dont quatre font fixes, & s'appellent les *Maîtres couteaux*

Pour donner le mouvement à cet arbre, on y adapte vers le haut dans
une diftance convenable, & à la hauteur du cheval qui doit être placé deffous, une piece de bois *B*, d'environ 6 pouces en quarré fur 5 à 6 pieds de
long, dont un bout traverfe l'arbre *A* par une mortaife où on l'affujettit ;
l'autre excede l'arbre de 4 à 5 pieds de long en maniere de potence, & cela
fe nomme *l'Aile* ou *la branche du moulin*. De fon extrémité defcendent verticalement deux autres pieces de bois *a a* d'environ deux pieds & demi de
long fur 3 à 4 pouces d'équarriffage, éloignées entre elles de 18 pouces.
Elles doivent être fermement emmortaifées avec l'aile, parce qu'elles portent toute la force du cheval qui doit les faire tourner.

Pour atteler le cheval, il ne faut qu'un fimple collier dans les arçons duquel on fait entrer par un petit trou deux os de pieds de mouton *e e* qui
pendent par un petit bout de corde à chaque bout des deux pieces que
nous venons de décrire : de forte qu'ayant fait entrer ces os tout entiers par
leur longueur, dans un trou qui n'eft guères plus gros qu'il ne faut pour
leur paffage, & les remettant enfuite de plat fur les arçons, ils n'en peuvent
plus fortir d'eux-mêmes, & l'on n'a pas befoin d'autre attelage : dès que le
cheval marche, il entraîne l'arbre avec lui par le moyen de ces os, & des
deux petites cordes qui lui fervent de traits : c'eft ce cheval qui en tournant

continuellement pendant environ une heure & demie, plus ou moins, selon la quantité, la qualité ou la consistance de la matiere, la met en état d'être portée dans le vaisseau, où on la puise pour la fabrique du carton.

Le nom d'*Attelloire* comprend tout le petit équipage dont nous avons parlé, savoir, les deux pieces de bois pendantes qui servent comme de limons ; les deux os ou chevilles, & une piece de bois qui tient aussi à l'arbre par un bout, & par l'autre au cheval, pour l'empêcher, en tournant, de se rapprocher du centre de son mouvement, c'est-à-dire, pour le tenir toujours dans une certaine distance de la *pierre*, de peur qu'il ne s'y jette de côté ou d'autre : par ce moyen il tourne continuellement sur un cercle qui a environ 20 pieds de circonférence ; car le poitrail est à 3 pieds & quelques pouces du centre du mouvement.

Quant à la matiere préparée, on nomme une *Pilée* tout ce qui contient la pleine *pierre*, ce qui fait une tâche pour le cheval ; & comme on le fait quelquefois travailler trois fois par jour, ce sont trois fois la pleine *pierre*, ou trois pilées. On nomme *tourner* cette préparation qui se fait dans la pierre, comme on nomme *rompre* celle qui se fait dans l'auge précédente ; & quelquefois, faute de cheval, on fait tourner l'arbre par des hommes, en y mettant des leviers qui le traversent.

Lorsque le cheval a tourné pendant trois quarts d'heure dans un sens, on retourne son attelloire, & on le fait marcher en sens contraire pendant le même espace de temps ; cette différence le soulage un peu, & sert encore à mieux retourner & à mieux broyer les matieres.

Un seul cheval que l'on fait travailler trois fois par jour, suffit pour fournir deux cuves, & les entretenir dans un travail presque continuel : une Cartonnerie peut, avec deux cuves, occuper six hommes ; deux qui servent pour les cuves, & les quatre autres pour tremper, puiser, rompre, étendre, coller & lisser.

Pour savoir si la matiere est assez tournée, on en prend une certaine quantité, dont on fait une pellote dans la main ; on l'égoutte, & l'on voit s'il n'y paroît plus de taches blanches, ou de parties qui aient encore conservé l'apparence du papier ; c'est une preuve que la matiere est *tournée*, & qu'on peut l'employer.

Lorsqu'il s'agit d'ôter la matiere de dedans la pierre, on enleve les couteaux qui sont autour de l'arbre, excepté le grand couteau qui est ordinairement fixé ; & avec des seaux ou de grandes pelles de bois, on enleve cette pâte pour la porter, ou dans la cuve, ou dans l'auge destinée pour l'ouvrage d'avance : on appelle *Auge de l'ouvrage d'avance*, une ou plusieurs auges semblables à la cuve dont nous parlerons ci-après, où se verse la matiere en attendant qu'on en fasse usage ; cet auge doit toujours être à côté de la cuve, afin que l'ouvrier puisse renouveller sa cuve, lorsqu'il en est besoin.

On subftitue auffi à cet auge un ou plufieurs tonneaux , qui peuvent faire le même office ; c'eft ce qui tient lieu des caiffes de dépôt, dont nous avons parlé dans l'Art de faire le papier.

Lorfqu'on a reconnu que la matiere eft affez tournée, & qu'il s'agit de l'employer, on la porte dans cette efpece de caiffe qu'on nomme la *Cuve*, à laquelle travaille le principal Ouvrier. La cuve a jufqu'à 5 à 6 pieds de long fur 3 à 4 de large, & même plus, avec autant de profondeur. Elle doit être de bon bois de chêne, fort, & bien affemblé, enforte qu'elle retienne la pâte liquide, dont elle eft toujours remplie. Sur le bord de fon grand côté, oppofé à celui où fe met l'ouvrier, il y a une maniere de grand baquet qui n'a qu'environ 2 ou 3 pouces de profondeur, & qui eft repréfenté en *H*, au bas de la planche ; il doit être bien foncé pour retenir auffi l'eau qui doit s'y égoutter ; il a par le haut 5 à 6 traverfes de bois dont les bouts portent fur les deux grands côtés de la cuve, où elles font affemblées bien uniment, ou d'arrafement. Ce baquet fe nomme l'*Egouttoir*, parce qu'au moyen d'un trou qu'il a vers un de fes angles, on fait égoutter toute l'eau qui tombe des chaffis ou formes dont nous allons bien-tôt parler. Cet égouttoir eft toujours plus long que la cuve, afin que le bout par où il s'égoutte puiffe dégorger l'eau dans un tonneau, qui fans cela ne fe pourroit pas aifément placer. L'égouttoir doit auffi avoir environ deux pieds & demi de large, pour y placer commodément les chaffis du grand carton. Nous venons de dire que par un côté il porte fur le bord de la cuve, & de l'autre on lui donne d'ordinaire deux pieds ou fupports de bois, c'eft-à-dire, un à chaque coin, comme on le voit au haut de la planche dans l'action feconde.

Des Formes ou moules du Carton.

Les *Formes* font des chaffis de différentes grandeurs, avec lefquels on puife la pâte qui doit former le carton. Ces chaffis font compofés de quatre tringles de bois de chêne d'environ 3 pieds de long fur deux de large, & d'environ un pouce d'épaiffeur, bien affemblées quarrément par les quatre coins, & les deux grandes tringles font jointes encore par 10 ou 12 autres, quelquefois auffi par une feule, tout cela bien uni & bien de niveau. Sur une des furfaces de cette forme font couchées, d'un bout à l'autre de fa longueur, plufieurs fils de laiton d'environ une demi-ligne de groffeur, & à la diftance de près d'une ligne ; c'eft à-peu-près comme les moulins du Papetier, avec cette différence que les formes du Cartonnier ne demandent pas tant de façon & de délicateffe ; & que ces fils de laiton ne font point lacés avec grande précaution, mais feulement couchés fur les tringles de bois, comme on vient de le dire : les bords font recouverts d'une lame fort mince de laiton, fur laquelle pofent les têtes des clous qui les attachent à ces tringles. On évite d'employer le fer dans la compofition de

ces

ces formes, parce qu'il se rouille, s'écaille, se détruit trop aisément ; le cuivre résiste beaucoup mieux : une forme pareille à celles que nous venons de décrire, toute grossiere qu'elle est, revient à-peu-près à 40 livres. Ce sont les Epingliers qui les montent à Paris.

On traverse aussi par la largeur tous ces fils de laiton par quelques autres, d'espace en espace, comme de 2 à 3 pouces, liés aussi à-peu-près à même distance avec les grands, pour les entretenir dans leur état, ensorte qu'ils ne s'écartent ni ne se rapprochent les uns des autres.

Outre ce chassis qu'on nomme la *Forme*, il y en a un autre plus grand qui porte par le dessous des quatre côtés une feuillure qui emboîte la forme ; il n'est composé que de cinq tringles de bois d'environ un pouce en quarré : ces tringles ont un peu plus de longueur que celles de la forme, afin qu'elles puissent l'emboîter par leur feuillure, qui n'a que 2 à 3 lignes de profondeur. Quatre de ces tringles font la longueur & la largeur du chassis ; la cinquieme traverse par le milieu, & est assemblée par ses deux bouts sur les deux plus longues. Ils nomment quelquefois le chassis & la forme pris ensemble, du nom seul de *chassis*. Quand la forme est emboîtée de son chassis, les bords de ce chassis excedent par leur hauteur d'environ 8 ou 9 lignes le plan de la forme, & font comme une espece de cassette dont le fond n'est qu'un treillis de fil de laiton.

On a ainsi plusieurs formes avec leurs chassis de diverses grandeurs & profondeurs, selon les dimensions qu'on veut donner au carton. On nomme celui qui se fait dans la plus grande forme, la *Bible* ; ensuite vient la *Bible ordinaire*, le *Catholicon* qui est ou *double* ou *simple*, (nous en parlerons bientôt), & les petits ais qu'ils nomment *Carton en parchemin*, dont se servent les Chapeliers, & autres Artisans qui ont besoin d'en avoir de fort grands : ceux-ci exigent des formes particulieres. Chaque Ouvrier peut s'équipper, comme il l'entend, de toutes ces différentes formes, suivant les besoins de son commerce ; il y en a qui, pour ménager les chassis, font servir de grands chassis à de petites formes, en les rétrécissant par d'autres tringles qu'ils couchent contre le dedans des quatre qui font la bordure du chassis.

Des Langes.

LES *langes* sont des pieces de drap prises à volonté, que l'on place sous chaque feuille de carton, & dont on la couvre à mesure qu'elle est faite ; ensorte qu'il y a autant de langes, & un de plus, qu'il y a de cartons. On choisit pour les langes un drap qui soit lâche & doux, quoiqu'il n'y ait d'ailleurs aucune nécessité ; on choisit même, le plus souvent, celui qui est à meilleur marché. Le drap le plus velu retient mieux la matiere ; si le drap est trop fort, la graisse s'engage dans la substance du drap, &

il devient très-difficile de le nettoyer ; c'eſt pourquoi l'on veut une étoffe lâche & mince.

Les langes des Cartonniers ne durent gueres plus d'un an ; ils ſe pourriſſent par cette humidité continuelle, & ſouffrent béaucoup par l'effort réitéré de la preſſe ; on eſt obligé de les laver au bout de trois ſemaines, ou au plus tard tous les mois, pour dégager les parties de la matiere du carton, qui s'y attachent néceſſairement.

On n'emploie dans ce lavage ni ſavon ni leſſive ; on ſe contente de paſſer & repaſſer les langes dans l'eau courante, de les frotter avec force, de les battre fortement avec une palette ou battoir de bois, & d'en exprimer l'eau ; chacun exige environ l'eſpace de deux minutes.

Il eſt fort ordinaire de trouver même chez de bons Cartonniers une économie ſinguliere à l'occaſion des langes ; l'etoffe mince & commune dont ils ſe ſervent, eſt preſque toujours trop étroite pour pouvoir couvrir la forme dans ſa plus grande dimenſion ; ils y ſuppléent avec des *pieces* qui ſont, pour l'ordinaire, des morceaux de vieilles tapiſſeries, ou autres morceaux de laine très - différents du lange qui couvre la plus grande partie du carton. L'Ouvrier eſt obligé de mettre la piece à chaque fois qu'il met un lange ſur la feuille de carton qu'il vient de coucher ; cette piece, ſi elle eſt trop large, ſe remploie par-deſſus le carton, & il en réſulteroit une difformité, ſi dans cet Art on aſpiroit à quelque délicateſſe, & que l'on fût un peu difficile ſur les détails.

Du Travail de la Cuve.

Lorsque la matiere eſt dans la cuve, on a ſoin de la bien démêler avec un rateau de bois qui, pour cet effet, eſt toujours à un bout de la cuve, & qui ſert à remuer fortement cette matiere ; tant des dents que du dos de ce rateau, ce qu'on appelle *battre la cuve* ; on nomme ce rateau aſſez improprement le *Crochet*. L'Ouvrier ou l'homme de cuve tient toujours deux formes à la fois ſur ſon égouttoir, & ſeulement un chaſſis qui ſert alternativement aux deux formes. Il commence par emboîter une de ces formes, & la prenant à deux mains, par les deux bouts, la plonge ſous cette matiere, & la ramene dehors toute chargée, en ſecouant tant ſoit peu le chaſſis de droite à gauche, ce qui fait d'abord affaiſſer un peu la matiere ; puis il gliſſe le chaſſis ſur l'égouttoir où la matiere s'affaiſſe encore davantage, à meſure que l'eau ſe dégorge.

Pendant que la forme s'égoutte, l'Ouvrier étend un *lange* ſur une autre planche ou plate-forme, qui eſt comme un baquet de bois fort, d'un peu plus de 3 pieds de long ſur plus de deux de large, où doivent être empilés tous les cartons l'un ſur l'autre, chacun ſur un lange ; quand il y en a autant qu'on en veut preſſer, on tire la preſſée par le moyen de

deux anneaux ou boucles de fer attachés à une des tringles de cette plate-
forme, comme feroit un tiroir ou une layette de cabinet. Cette plate-forme
ou efpece d'égouttoir a environ 2 à 3 pouces de profondeur, & au milieu
de la tringle de devant eft un trou par où s'égoutte l'eau des cartons qui font
deffus, & on la reçoit dans quelque cuve fi l'on en a befoin, pour la faire ref-
fervir, ou bien on la laiffe feulement couler dans quelque ruiffeau qui la
conduit dehors; plus communément on a un tonneau noyé dans la terre,
où coule toute cette eau, & dans laquelle on puife avec un feau pour la
remettre dans la cuve; & parce que cet égouttoir eft fort pefant quand il
eft chargé, on le place fur un petit plancher de bois mouillé, afin de le
pouvoir gliffer plus aifément fur celui de pierre qui eft fort uni & de niveau, fous la preffe; on le fait gliffer avec la *Pince*: c'eft un levier de fer
qui fert auffi à l'arranger exactement fous le fommier.

Le lange, comme nous l'avons dit, eft une piece de drap ou de reveche
qui doit être un peu plus grande que les cartons. L'Ouvrier en étend un fur la
plate-forme; il ôte le chaffis de deffus la première forme pour le mettre à
la feconde; il releve enfuite la première en la foulevant, comme s'il vou-
loit regarder par-deffous; il la porte prefque verticalement, & la plaçant
fur le bord antérieur du lange, de fon côté, il la couche affez prompte-
ment, & la renverfe fur le lange; il frappe de la main fur le treillis, ou
fecoue trois à quatre fois fa forme fur le lange; il la releve enfuite: la
forme quitte aifément toute la matiere qu'elle portoit, & le carton ou les
deux cartons que portoit la forme, reftent fur le lange. Ces deux cartons
font féparés par un petit intervalle moindre que la tringle qui l'avoit formé,
parce que cette matiere s'applatit, & s'étend un peu dans les premiers mo-
ments, jufqu'à ce qu'elle foit bien dégorgée de fon eau; de forte que quand
elle a reçu fa derniere façon par la preffe, elle a perdu plus des trois quarts
de l'épaiffeur qu'elle avoit fur la forme, & l'intervalle des deux cartons
difparoît fi bien qu'ils femblent n'en faire qu'un tant qu'ils font fur le lange.
Cette première forme étant relevée, l'Ouvrier la remet fur l'égouttoir;
puis retirant le chaffis de deffus la feconde, il l'ajufte de nouveau fur cette
première, la replonge comme l'autre fois, & la remet, toute chargée de
matiere, fur l'égouttoir. Comme il faut 2 à 3 minutes à cette forme,
pour s'égoutter, l'Ouvrier, pendant ce temps-là, étend un autre lange fur
le premier carton qui vient d'être fait; il y couche la feconde forme, il
ôte le chaffis de deffus la première pour la remettre fur celle-ci; enfuite
il replonge la derniere, & la remet fur l'égouttoir; ce qui fe fait toujours
ainfi alternativement, jufqu'à ce qu'on ait employé prefque toute la matiere
de la cuve.

La feuille qui vient d'être couchée a communément 7 à 8 lignes d'é-
paiffeur; mais cette matiere mollaffe eft aifément comprimée par l'action

de la preſſe ; l'eau qui en fait d'abord l'épaiſſeur ſe dégorge bientôt , & la feuille eſt réduite à une épaiſſeur trois à quatre fois moindre ; mais ce qu'il y a de ſingulier, c'eſt que, malgré cette grande diminution d'épaiſ-ſeur, le carton ne s'étend point en largeur ; après la plus forte preſſion, il a encore ſenſiblement les mêmes dimenſions.

L'Ouvrier de cuve peut, avec la même pâte, faire des cartons de diffé-rentes conſiſtances, c'eſt-à-dire, fins ou épais ; il ne s'agit que de plonger ſa forme plus avant, de la retirer plus vîte, de la promener moins ; par-là on reçoit une matiere moins fluide, on ne lui donne pas le temps de ſe mêler avec l'eau , & on en retient davantage ſur la forme.

A meſure qu'on travaille, il faut de temps en temps battre la cuve , c'eſt-à-dire, retourner la matiere avec le rateau : en effet la pâte tend tou-jours à ſe précipiter au fond ; l'eau devient toujours d'autant plus claire qu'on puiſe ſans ceſſe, & à proportion beaucoup plus de matiere que d'eau, & qu'une grande partie de l'eau retombe dans la cuve, avant que le chaſſis ſoit remis ſur l'égouttoir.

Quand on veut redoubler la force des cartons ſans les coller, on ne met pas ſeulement le lange ſur la feuille que l'on vient de coucher ; mais on prend un carton nouvellement fait & déjà preſſé , de la maniere que nous le verrons ci-après, avec ſon lange ; c'eſt ſur ce carton déjà fait, mais encore mouillé, que l'on renverſe la forme pour donner à ce carton une nouvelle couche ; pour cet effet le Coucheur a près de lui les cartons déjà faits qu'il s'agit de redoubler, placés ſur ce qu'il appelle une *Eſ-cabelle.*

Le Coucheur prend ſes meſures en renverſant la forme, de maniere que le nouveau carton couvre aſſez exactement l'autre dans toutes ſes dimen-ſions ; puis il remet deſſus le dernier un autre lange portant auſſi ſon carton, & ſur celui-ci, le nouveau carton de l'autre forme, & toujours ainſi juſ-qu'à ce qu'il les ait tous redoublés avant que de gliſſer la plate-forme ou le moule ſous la preſſe : cette derniere opération ſe fait avec un levier de fer qu'on appelle *la Pince.* Il n'eſt pas inutile de remarquer que pour la célérité du travail, & pour plus grande facilité, quand l'Ouvrier veut prendre ces langes couverts de cartons pour les porter ſur le moule, la coutume eſt de renverſer les deux coins de devant, c'eſt-à-dire, les plus proches de lui, en les repliant juſques vers le milieu ; & comme ce repli ſe fait foiblement, & ne corrompt point le carton qui ſe ſoutient élevé là-deſſous, cela eſt beaucoup plus aiſé à transporter que ſi on le tenoit étendu tout à plat en l'air. On a ſoin, en remaniant ainſi le carton un à un, d'en retirer toutes les ordures les plus apparentes qui y font des inégalités conſidérables ; on ne fait que les arracher de l'ongle, on refoule enſuite la matiere du bout du doigt à l'endroit où s'eſt fait le petit enfoncement ;

le

le carton qu'on y met enfuite s'égale affez bien par la preffe, & ces deux cartons fe collent fi bien enfemble dans toute leur étendue, qu'on ne croiroit jamais qu'ils euffent été faits à deux fois.

On n'a pas coutume de redoubler le carton plus d'une fois, quoiqu'il fût aifé de le faire, autant de fois qu'on voudroit, pour le mettre à toutes fortes d'épaiffeurs. Mais ce carton ainfi doublé fans colle, a toujours trop de molleffe, & n'a jamais la fermeté de celui dont les feuilles font toutes affemblées à la colle : auffi les bons Relieurs ne veulent point ordinairement fe fervir du carton redoublé de la forte ; ils fe font payer plus cher que les autres ; mais ils font auffi volontiers la dépenfe d'un carton meilleur & plus fort. On nomme *Feuille* chaque carton fimple ; une forme en fait deux à la fois, à moins que ce ne foit dans les grandeurs confidérables : nous en parlerons à la fin.

On entaffe, comme nous l'avons dit, fur la plate-forme ou fur le petit égouttoir, tous les cartons qu'on veut preffer, ce qui va quelquefois jufqu'à 120, & même jufqu'à 200 pour les cartons minces, fur une hauteur de 3 pieds & demi, ou 4 pieds ; alors on amene le moule ou la plate-forme fous le fommier de la preffe.

La quantité de cartons que l'on peut preffer à la fois fe nomme une *Preffée* ; elle n'eft pas conftante, parce qu'elle dépend de la force & de l'épaiffeur du carton ; elle a environ 4 pieds de hauteur lorfqu'on commence à preffer ; c'eft cette hauteur qui étant déterminée par celle de la preffe, détermine la quantité de cartons qui doit former la preffée ; c'eft environ 112 ou 115 feuilles dans les grandeurs les plus ordinaires ; il faut 3 ou 4 heures à un homme de cuve pour faire une preffée. Une cuve à-peu-près de la grandeur que nous avons détaillée, fait une demi-preffée de Saint-Auguftin, avant qu'on foit obligé de la regarnir ; fi la cuve eft un peu plus grande, & qu'on ne faffe que du petit carton, elle peut fournir à la preffée entiere avant que d'être renouvellée.

De la Preffe.

CETTE preffe eft la partie la plus confidérable de l'attelier d'un Cartonnier, parce qu'il lui faut une très-grande force pour exprimer l'eau du carton, pour lui donner le corps & la denfité néceffaire ; il n'en eft pas comme de la preffe du Relieur ; celui-ci agit immédiatement fur la vis par le moyen d'un levier, au lieu que pour faire agir le levier même, il faut aux Cartonniers une autre machine qu'ils appellent le *Moulinet.*

Nous avons donné avec *l'Art de faire le papier*, la defcription des différentes parties qui compofent une preffe ; nous nous contenterons de rappeller ici les pieces les plus effentielles, en nous fervant des termes ufités parmi les Cartonniers ; car les chofes même qui s'emploient dans différents Arts fans aucun changement, y prennent pour l'ordinaire des dénominations différentes.

Deux jumelles de 9 à 10 pieds de haut repréfentées en *a a* dans le haut de la planche forment le maffif de la preffe ; elles font profondément arrêtées dans la terre par leur partie inférieure, & affemblées en haut par une forte traverfe qui fert auffi d'écrou ; la largeur de cette piece eft de 3 pieds & demi ; elle eft placée horizontalement entre les deux jumelles, & les embraffe l'une à l'autre par fes bouts qui font fourchus ou coupés en maniere d'un double tenon, & fortement affemblés par un *embrevement* qui eft aux jumelles ; enforte que cette piece ne peut varier de haut en bas ni de côté ; & de peur auffi que les jumelles ne fe puiffent écarter l'une de l'autre, elles font traverfées avec les bouts de cette piece par de gros *boulons* de fer de 18 à 20 pouces de long fur 15 à 18 lignes de groffeur, parce que cette piece qu'on nomme fimplement *l'écrou*, a jufqu'à 15 à 16, & quelquefois jufqu'à 18 pouces d'équarriffage fur 5 pieds de long.

Dans cet écrou paffe la vis ; elle eft formée par une autre piece de bois dont le diametre dans la partie *filetée*, c'eft-à-dire, taillée à vis, a jufqu'à 8 à 9 pouces fur 4 ou 5 pieds de haut, & même davantage. Cet arbre, dans fa partie inférieure, & au-deffous des pas de la vis, eft taillé quarrément fur environ un pied de large, & s'emboîte dans une *Lanterne* compofée de deux tourtes ou pieces de bois rondes, d'environ 4 pouces d'épaiffeur fur un diametre de 20 à 22 pouces bien, frétées de bandes de fer tout autour, élevées l'une au-deffus de l'autre d'environ 8 à 10 pouces, & affemblées affez près de la circonférence, par 4 ou 5 pieces de fer qu'on nomme *Fufeaux* qui font revêtus de chaque côté, & garnis avec des pieces d'un bois fort dur : ces 4 fufeaux font à-peu-près le même effet que les lanternes ou *pignons* des moulins où s'engrennent les dents des roues. C'eft entre ces fufeaux que fe met le bout du levier ou de la piece de bois qui fert à faire tourner l'arbre de la vis ; l'extrémité inférieure de cet arbre eft échancrée au-deffous de la lanterne marquée *d*, en forme de collet, à-peu-près d'un pouce de largeur & de profondeur : dans ce collet paffent à droite & à gauche deux autres boulons de fer qui traverfent toute la largeur d'un gros plateau de bois de 10 à 11 pouces en quarré, fur environ 3 ou 4 d'épaiffeur, qu'on nomme la *Selle* ou la *Sellette* ; de forte que le bout de l'arbre enfoncé dans un trou qui eft au milieu de cette fellette, eft retenu dans ce trou. Par le moyen de ces deux boulons qui paffent dans fon collet, il a la liberté de tourner, mais non pas celle d'en fortir ; & pour peu qu'il tourne, il fait monter ou defcendre la felle avec lui, comme nous l'avons dit dans l'Art du papier, en décrivant la preffe qui fert au Papetier.

La felle eſt appliquée invariablement ſur une autre grande piece de bois platte qu'on nomme le *Sommier*, épaiſſe d'environ 4 à 5 pouces, large de 2 pieds, & d'une longueur égale à la diſtance qui eſt entre les jumelles ; ce ſommier porte à chaque extrémité une échancrure qui embraſſe les jumelles par toute leur groſſeur, ce qui fait qu'en montant & deſcendant il s'entretient mieux dans un plan horizontal, que quand on le fait plus court que l'intervalle des jumelles. Au reſte qu'il ſoit de niveau, ou qu'il ſoit incliné, quand il eſt bien ſuſpendu, il ne laiſſe pas de preſſer dès qu'il a une fois commencé à poſer ſur les cartons : le deſſus de la platine eſt garni de cuivre, & la partie de la vis qui preſſe ſur cette platine eſt revêtue de fer pour mieux réſiſter au frottement : on a ſoin de les graiſſer pour adoucir la dureté de ce frottement.

Le ſommier étant remonté par la vis auſſi haut qu'il eſt beſoin, ſelon la hauteur de la pile ; on charge les cartons d'un ais auſſi grand que la forme, & l'on met par-deſſus cet ais quelques billots ſur leſquels poſe immédiatement le ſommier, afin que la vis ne ſoit pas obligée de deſcendre trop bas ; ce qui pourroit forcer l'écrou ; alors il n'eſt plus queſtion que de faire deſcendre le ſommier pour preſſer tout cela par le moyen de la vis ; on engage l'extrémité du levier entre deux fuſeaux de la lanterne. Mais comme cette lanterne ſe trouveroit trop haute pour mener ce levier à la main, & qu'il faut auſſi plus de force qu'un homme n'en a avec un levier de 5 pieds, on ſupplée à cette force par le moyen d'un autre arbre de 8 à 9 pouces de diametre qui n'eſt pas loin de la preſſe. Cet arbre eſt comme un *Cabeſtan* qui tourne ſur les pivots qu'il a à chaque extrémité ; il eſt traverſé d'un ou de deux petits leviers d'environ 4 à 5 pieds de long en tout ; de ſorte que chaque bout excede l'arbre d'environ 2 pieds ; ces petits leviers ont environ 3 pouces de large ſur un pouce & demi d'épaiſſeur ; tout cela ſe nomme le *Moulinet* ; autour de l'arbre du moulinet on enveloppe un gros cable de 15 à 16 lignes de diametre qui eſt attaché invariablement par une extrémité au haut de l'arbre du moulinet ; après avoir fait 5 ou 6 tours ſur l'arbre, le cable ſe termine à l'autre extrémité par une boucle, & c'eſt cette boucle qu'on paſſe ſur le bout libre extérieur du levier, dont nous avons dit que l'autre bout eſt engagé dans la lanterne. Par ce moyen un homme tournant le moulinet ſur lequel la corde s'enveloppe, tire aiſément le levier, & fait tourner la lanterne qui preſſe le ſommier & les cartons, & leur fait rendre beaucoup d'eau ; c'eſt ce qu'on voit repréſenté dans la troiſieme action au haut de la planche.

Lorſqu'un homme ſeul a fait tourner le moulinet autant que ſa force l'a pu permettre, on en met un ſecond, puis un troiſieme, & enfin un quatrieme ; les quatre enſemble font encore faire un tour à la vis de la preſſe, & diminuent d'un pouce la hauteur de la preſſée.

Lorfque la force des quatre hommes aidés du moulinet ne peut plus aller au-delà, on retourne le levier en fens contraire, & l'on fe fert du même moulinet pour remonter la vis; enfin on retire la preffée de deffus le moule.

La force de la preffe non-feulement réduit les cartons à leur jufte épaiffeur, mais elle augmente leur denfité, leur force, & en dégorge toute l'eau dont la pâte étoit abreuvée: cette eau fe dégorgeant dans le moule, tombe enfuite par une gouttiere dans une cuvette qui peut être noyée en terre, comme nous l'avons dit, à moins que, comme on le voit dans la figure, le moule ne foit élevé fur deux fortes pieces de charpente affemblées avec le pied des jumelles, auquel cas on peut avoir un grand feau ou une cuvette en plein air fur le plancher pour recevoir l'eau de l'égouttoir. Ces différences dépendent de l'emplacement & des facultés du Maître; mais il eft encore plus commode d'avoir le moule au niveau du fol de l'attelier.

Quand le levier eft venu fi près du moulinet que la corde ne peut plus le tirer, on tourne le moulinet en fens contraire, pour faire développer la corde, & l'on change de fufeau en plaçant un bout du levier dans la lanterne; on va boucler la corde à l'autre bout pour recommencer à tourner; ce qui fe continue ainfi jufqu'à ce qu'on ait preffé autant qu'il eft befoin. Lorfque les cartons font preffés, on emploie une femme pour les lever de deffus les langes, & en faire des piles ou des *réglées* qui doivent être preffées de nouveau.

La planche fur laquelle on étend les cartons après qu'ils ont été preffés, s'appelle la *Levée*; c'eft fur la levée que l'éplucheufe opere; elle a foin d'arracher les corps étrangers qu'elle apperçoit fur chaque feuille, puis avec le pouce elle appuie fortement fur la partie bleffée ou entr'ouverte, pour la réunir & en réparer le défaut; elle fait tout à la fois les fonctions du Leveur dans l'Art de faire le papier, & celles des Etendeufes qui foudent fur couture.

Maniere de régler le Carton.

DANS le travail du papier, on appelle *Porfe-blanche* l'affemblage des feuilles de papier lorfqu'elles ont été levées, & qu'on en a ôté les langes. Le Cartonnier appelle une *Réglée* les cartons dont on a ôté les langes, & que l'on remet fous la preffe. Cette feconde opération eft néceffaire pour achever d'en exprimer l'eau, pour réparer les défauts que l'Eplucheufe y a laiffés en arrachant les corps étrangers, & pour régler les cartons, c'eft-à-dire, les équarrir, & les rendre tous à-peu-près de même grandeur en ébarbillant les bords.

Les Cartons *mis en regle* font environ la hauteur de 3 pieds & demi;

un

un homme feul commence à ferrer la vis de deux tours avec le levier de
5 pieds dont nous avons parlé plus haut ; il defferre la vis pour ajouter
encore d'autres cartons, lorfque les premiers ont un peu diminué de hauteur par la preffion ; il recommence à ferrer avec le levier feul, d'environ un
tour & demi ; enfuite il attache fon levier à la corde du moulinet ; il
ferre encore de deux tours ou 4 pouces environ, enforte que la réglée
fe trouve avoir baiffé d'un pied par l'action de la preffe. Tandis qu'elle eft
dans cet état de compreffion, on prend une ratiffoire de fer qui n'eft autre chofe qu'une plaque triangulaire de fer, dont chaque côté a environ
3 pouces ; elle eft emmanchée par un bâton de 4 pieds : avec cette ratiffoire
on enleve tout autour de la réglée les franges, les barbes, & même les bords
du carton, enforte que la réglée foit terminée quarrément, & que les bords
en foient auffi forts que le milieu.

On prend enfuite un petit ais de bois à la main, avec lequel on nettoie
tout ce que la ratiffoire de fer a détaché ; on enleve la pâte fuperflue, &
l'on rend les faces de cette pile droites, unies & quarrées.

Tout le fuperflu de la pâte de ces cartons, enlevé, foit par la ratiffoire,
foit par le petit ais dont nous venons de parler, s'emploie de nouveau
à faire le carton ; on a foin de le reporter dans la cuve.

Si les cartons que l'on veut régler avoient été faits de la veille, ou plus
anciennement, on feroit obligé de les rafraîchir & de les humecter ; pour
cela il fuffit de jetter de l'eau contre la réglée tout autour avec un feau ordinaire plein d'eau.

Une réglée pefe environ 200 livres en petit ais, 230 en catholicon,
250 en petite bible, 400 en faint-auguftin : un bon Ouvrier de cuve
peut faire par femaine cinq réglées de faint-auguftin, huit, neuf, dix des
autres qualités.

Des différentes grandeurs de Carton.

On comprend affez que les différentes grandeurs de carton font pour
l'Ouvrier une chofe fort arbitraire ; cependant les ufages du commerce
ont fixé affez généralement les Cartonniers à quatre fortes qu'ils appellent
Petit Ais, *Catholicon*, *Bible*, *Saint-Auguftin*. Le petit ais a 13 pouces fur
19 ou 20 ; le catholicon a 14 fur 20 ou 21 ; la bible 16 ou 17 fur 22,
le faint-auguftin 18 ou 19 fur 24. Ces grandeurs varient fouvent d'un pouce
& même davantage ; on a remarqué que fi les langes font gras, ou qu'ils
foient ufés, le carton coule & s'étend fur le lange, ne trouvant pas de quoi
s'accrocher ; alors la preffe l'étend plus ou moins au-delà de la grandeur
de la forme : on a vu d'ailleurs que la maniere de le régler n'eft pas fuf-
ceptible d'une grande précifion.

Les efpeces dont nous venons de parler, excepté le faint-auguftin,

CARTONNIER. E

ſe font ſouvent d'une largeur double, on les appelle alors *Petit-Ais ſans barre*, *Catholicon ſans barre*, & *Bible ſans barre* ou *grande Bible*. En effet pour former ces cartons de largeur double, on ne fait qu'ôter la barre qui ſépare le chaſſis en deux parties égales pour faire deux petits cartons à la fois; alors ces deux cartons ſe réuniſſent, & n'en font qu'un dont la largeur eſt double; ainſi le petit ais qui avoit 13 pouces ſur 20, aura 26 pouces ſur 20, & ce ſera le petit ais ſans barre.

On appelloit autrefois du nom de *Conciles* une eſpece moyenne entre le petit ais & le catholicon; mais il n'eſt plus d'uſage aujourd'hui.

On a appellé auſſi *Carton en parchemin*, comme il a été dit ci-deſſus, ceux qui étoient beaucoup plus grands.

Enfin il y a du carton *enté*; ce terme tiré du jardinage s'applique en général à un arbre formé de deux ou de pluſieurs, par le moyen d'une inciſion ou d'une fente: il en eſt à-peu-près de même du carton; on fend une feuille dans ſon épaiſſeur lorſqu'elle eſt encore mouillée; on y inſere l'autre; on les ſoumet l'une & l'autre à une forte preſſion, & elles ſe trouvent parfaitement aſſemblées.

Les cartons de la grandeur du ſaint-auguſtin ſervent à relier les livres *in-8°. in-4°.* & *in-folio* grand papier. Le *Cours du Danube* de M. *Marſigli* qui eſt un livre aſſez connu pour pouvoir ſervir d'exemple, exige un ſaint-auguſtin de chaque côté.

La grandeur de bible ſert pour les livres de la grandeur ordinaire la plus uſitée en France, *in-folio*, *in-4°. in-8°.*

La grandeur du catholicon ſert pour les livres *in-douze* de la grandeur ordinaire, pour les *in-folio* en papier de Hollande qui eſt plus petit que le nôtre, & pour les livres *in-8°.* petit papier.

Le petit ais ſert auſſi pour des livres *in-folio* & *in-douze*, petit papier, & pour certains atlas de géographie qui s'étendent en longueur.

Les Chapeliers & Bourreliers emploient communément des feuilles de grande bible ſans barre.

On diſtingue auſſi quelquefois en deux eſpeces les cartons de même grandeur, ſuivant qu'ils ont été collés ou qu'ils ne l'ont pas été, en diſant, bible collé, bible non collé, &c. Nous parlerons ci-après de l'opération du collage.

De l'Etendoir.

LES greniers les plus élevés & les plus ouverts ſervent d'étendoir aux Cartonniers: un Ouvrier porte la preſſée ſur ſa tête à différentes repriſes; & l'ayant miſe par terre, il prend une poignée d'épingle, & enfile les cartons en les piquant deux à deux ou trois à trois. Ces épingles ſont des bouts de fil de fer recourbés par chaque extrémité, & formant comme un double crochet ; l'un de ces crochets fert à piquer les cartons, & l'autre à les accrocher : on en voit un en *S* au bas de la planche.

Les cartons redoublés une ou deux fois étant plus pefants que les feuilles, souffriroient davantage d'être fufpendus deux à deux par un fil d'archal, & pourroient fe déchirer ; on eft obligé de mettre une épingle à chacun, & de les fufpendre chacun féparément.

On fe fert quelquefois de cordes tendues, & quelquefois des lates qui foutiennent les tuiles du couvert.

Quelquefois auffi les feuilles de carton qui font fort minces, & que l'on veut bientôt redoubler, s'étendent fur des perches, à la maniere du papier ; on fe fert, pour cet effet, d'un étendoir ; c'eft une longue perche traverfée à fon extrémité d'un bâton, ou d'une petite planche en forme de T, avec lequel on place les feuilles fur les perches ; mais on n'attend pas, pour les en retirer, qu'elles foient totalement feches.

Lorfqu'on n'a pas affez d'efpace pour fufpendre ainfi tous les cartons, les Ouvriers en mettent debout fur les planchers, les faifant tenir de champ, appuyés les uns contre les autres, de la même maniere que les enfants font tenir leurs châteaux de cartes, ce qu'on appelle *mettre en quarré;* ainfi ils ont toujours l'air des deux côtés, & ils fechent prefque auffi bien que ceux qui font fufpendus. On n'eft pas obligé d'étendre le carton dès qu'il fort de la preffe ; on attend fouvent au lendemain, & même davantage, fans qu'il en réfulte aucun inconvénient.

Du Liſſoir.

La liffe des Cartonniers eft très-néceffaire pour rendre les cartons plus minces & plus compacts ; on a befoin, pour liffer, d'une grande pierre, fur laquelle on étend le carton, & d'un rouleau ou cylindre de fer poli, enchâffé dans le deffous d'une piece de bois par le moyen de deux crampons qui font cloués fur chaque bout de la piece de bois ; ces crampons étant troués en forme de pitons, reçoivent les tourillons ou pivots qui font à chaque bout du cylindre. Cet inftrument repréfenté en *O* fe nomme la *Liffe.* La piece de bois qui porte le rouleau, a environ 3 pouces d'épaiffeur fur 6 à 7 de long, & porte à chaque bout une poignée, ou comme un tourillon de bois arrondi pour le tenir à la main, & le promener avec force fur le carton. Pour éviter au Liffeur la peine d'appuyer fortement fur le carton, on emploie un *bâton* qui s'arcboute au plancher de l'attelier. La liffe eft échancrée en deffus, en demi-rond, de toute fon épaiffeur, partie d'un côté, partie de l'autre ; enforte qu'il refte un entre-deux folide dans le milieu qui fait comme une efpece de tenon : ce tenon s'emboîte dans l'extrémité du bâton de la liffe : ce bâton a 4 pieds de long ; il réfifte avec force, & difpenfe le Liffeur d'appuyer fur le carton ; il n'a prefque qu'à conduire fa liffe ; d'ailleurs l'ufage auquel on deftine le carton de pâte, ne demande pas qu'il foit fort poli : auffi peut-on liffer aifément 8 à 10 feuilles par heure, de chaque côté. Les Liffeurs, lorfqu'ils travaillent à leurs pieces, ont 24 fols du cent pefant.

Pour faire arcbouter le bâton de la liffe avec douceur, on attache au plafond une forte planche d'environ 6 pieds de long fur 6 pouces de large, que l'on fixe par le milieu avec une barre de fer : l'autre extrémité de la planche eft faifie par une groffe corde tordue avec force par un levier ; enforte que l'extrémité de la planche fe plie, & eft ramenée en bas de quelques pouces par la force de cette corde. C'eft contre l'extrémité de la planche ainfi courbée par la tenfion de la corde, qu'on appuie la partie fupérieure du bâton de liffe, & on le fait même entrer dans une cavité pratiquée, pour cet effet, dans la planche de la liffe : par ce moyen la corde qui a une certaine élafticité jointe à celle de la planche, réfifte & fe prête tout à la fois à l'action du Liffeur, qui n'a d'autre peine que celle de promener horizontalement la boîte de la liffe, tandis que la force de la corde fait appuyer le bâton de la liffe fur le carton ; l'élafticité de la corde & de la planche fait toute la réfiftance. La liffe va & vient deux ou trois fois de chaque fens fur les différentes parties du carton, en long & en large fur le *recto* & fur le *verfo* : il faut un demi-quart d'heure pour bien liffer une feuille de faint-auguftin.

Le Liffeur a toujours à côté de lui un poinçon qui fert à enlever les corps étrangers qu'il apperçoit dans le carton ; car le peu de foin que l'on prend d'ordinaire à choifir & à trier les rognures dont le carton eft compofé, rend à tout moment cette opération néceffaire à ceux qui trempent, qui rompent, qui tournent, qui couchent, qui étendent, qui collent, ou qui liffent : ils trouvent tous des parties étrangeres à enlever ; ils les arrachent fans autre précaution ; la preffe & la liffe réparent à mefure les vuides que cette maniere d'éplucher y forme néceffairement.

Si le carton que l'on veut liffer a été long-temps étendu, & qu'il foit trop fec, on eft obligé de lui rendre une certaine humidité pour augmenter fa flexibilité, & aider le mouvement de la liffe ; pour cet effet on trempe dans l'eau un balai de jonc avec lequel on arrofe légérement le carton qu'il s'agit de liffer.

Cette liffe des Cartonniers a du rapport avec celle des Cartiers pour la difpofition générale & la maniere d'agir : elles différent en ce que les Cartiers fe fervent d'un caillou qu'ils paffent fur le favon ; les Cartonniers emploient un rouleau de fer, avec de l'eau pour humecter le carton.

Nous avons dit au commencement que l'on faifoit quelquefois du carton *bis* ; c'eft une économie pour ceux qui font des étuis, des porte-peignes,

des

des endoſſements de petites bordures d'eſtampes ; on y emploie des matieres encore plus groſſieres & plus communes que pour le carton des Relieurs, dont nous venons de parler. On fait auſſi du carton fort grand, ſur
un côté duquel on colle une feuille de papier blanc, à l'uſage des Fourreurs. Enfin on fait des *cartons couverts* qui ſont collés & liſſés avec ſoin,
pour deſſiner ou pour écrire ; mais on ne peut gueres liſſer ces cartons
couverts ſans y employer le ſavon, de même que pour le papier & pour
les cartes ; car le papier ne prête pas, & n'a pas aſſez de ſoupleſſe pour
être liſſé ſimplement à la maniere du carton.

De la Colle.

Les Cartonniers choiſiſſent, pour faire leur colle, celles de toutes les
matieres poſſibles qui coûtent le moins ; car la farine folle, c'eſt-à-dire,
ce que les Boulangers ou les Meûniers balayent dans leur blutoir, & qui
ne peut ſervir pour le pain, eſt encore une matiere précieuſe pour les
Cartonniers, & ils n'en emploient qu'environ une cinquieme partie du
total de leur colle ; cette farine folle coûte 8 ſols le boiſſeau [a].

La matiere la plus commune eſt tirée des atteliers des Peauſſiers ou des
Corroyeurs ; c'eſt ce qu'on appelle *Parure, Poiſſonure & Percemure* : la percemure eſt ce que les Corroyeurs enlevent de deſſus leurs cuirs de bœufs ;
la poiſſonure eſt la ratiſſure des peaux de moutons ; la parure eſt la ratiſſure
des peaux d'agneaux blanchies & paſſées chez les Mégiſſiers, & qui ſe travaille chez les Peauſſiers : celle-ci eſt blanche, friſée, légere, doûce,
donne une colle très-fluide, & qui devient très-dure lorſqu'elle re-
froidit.

La parure coûte 1 ſol la livre ; quelquefois moins, ce qui revient à-
peu-près à 5 ſols le boiſſeau [b]. On met dans une chaudiere de cuivre 3
ſeaux des parures ſur 5 ſeaux d'eau ; lorſqu'au bout d'une demi-heure la
chaudiere commence à bouillir, il ne faut gueres plus d'un quart-d'heure
pour qu'elle ſoit faite ; on a ſoin de la remuer continuellement avec un
trognon de balai de bouleau bien recoupé & ébarbé ; plus on la laiſſe bouillir,
plus elle devient fluide : mais on ne cherche pas à la laiſſer bouillir plus
qu'il n'eſt néceſſaire ; le bois que l'on conſommeroit, & le déchet qu'é-
prouveroit la colle ſeroient des frais en pure perte : pendant la cuiſſon,
on ajoute encore deux ou trois ſeaux d'eau, à meſure que la colle diminue.

La colle que l'on fait avec la farine folle ne demande que deux ſeaux
de farine ſur trois ſeaux d'eau ; il lui faut à-peu-près le même temps pour

[a] Les prix qui ſont ſpécifiés ici, comme dans le reſte de ce Mémoire, ſont relatifs aux temps & aux lieux, c'eſt-à-dire, à l'année 1761, & à la ville de Paris ; d'ailleurs on ne ſauroit être aſſuré, à cet égard, de la ſincérité des parties intéreſſées.

[b] Le boiſſeau de Paris a 10 pouces de diametre, & 8 pouces 2 lignes & demie de hauteur.

fe faire ; mais elle eſt fort noire quand elle eſt faite, au lieu que la colle de parure conferve ſa blancheur.

Lorſqu'on fait quatre chaudieres de colle de parure avec une de colle de farine, c'eſt l'ouvrage d'un jour pour un Colleur qui a ſix à ſept ré- glées de carton à coller dans ſa journée, la chaudiere ayant 20 pouces de largeur ſur 13 de hauteur. La colle de parure deviendroit très-dure au bout de quelques jours ; mais on l'emploie ordinairement le troiſieme jour avant qu'elle ſoit totalement figée : on y mêle d'ailleurs de la colle de farine qui lui rend de l'humidité, & ſouvent encore on eſt obligé d'y ajouter de l'eau, lorſqu'on a laiſſé repoſer la colle aſſez long-temps pour ſe durcir.

Maniere de coller.

Le Colleur debout ayant d'un côté le baquet à colle, & de l'autre les cartons qu'il s'agit de coller, étend un carton ſur un ais ſoutenu à deux pieds de terre ; il tient une broſſe qui a 10 pouces de long ſur 3 pouces de large, dont les ſoies ou les crins ſont longs & flexibles ; il la trempe largement dans le baquet, & la ramene chargée de colle ; il étend ſur toute la ſurface du carton cette colle qui y demeure ſouvent par grumeaux, mais que la preſſe diſtribuera enſuite mieux que la broſſe n'auroit pu faire ; par la même raiſon on en met beaucoup plus qu'il ne ſeroit néceſſaire ; parce que l'on eſt ſûr de retirer le ſuperflu lorſque les cartons ſeront en preſſe, enſorte qu'il n'y a rien de perdu.

La colle étant diſtribuée ſur ce premier carton, le Colleur en prend deux autres qu'il place ſur le premier, & recommence à étendre la colle ſur le troiſieme carton, qu'il couvre bientôt de deux autres, & ainſi de ſuite ; enſorte que les cartons, de deux en deux ſeulement, ſoient collés l'un à l'autre, le premier avec le ſecond, le troiſieme avec le quatrieme, & ainſi de ſuite.

Lorſqu'on a collé la valeur d'une réglée, on la porte ſous le ſom- mier de la preſſe ; & tant avec le levier dont nous avons parlé à l'occa- ſion du travail de la cuve, qu'avec le moulinet, on deſcend le ſommier de la quantité d'un pied environ, ou de ſix tours de vis ; alors on voit la colle couler de toute part ſur les parois de la réglée ; on prend un carton d'une main, & un petit ais de l'autre ; on ratiſſe tout autour cette colle que l'on met ſur le carton pour la rendre au Colleur.

Les cartons ainſi collés n'ont pas beſoin de reſter long-temps ſous la preſſe ; dès que la réglée ſuivante eſt preſque achevée, on deſſerre la vis, on les porte à l'étendoir ; & là on les *met en quarré* pour ſécher à loiſir ; car ils ſont trop peſants & trop durs pour être piqués & étendus avec les épingles.

Souvent au lieu de deux cartons, on en colle trois & davantage : il y a quelquefois 7 à 8 feuilles dans les cartons qui couvrent les gros livres d'E-glife, les grandes polyglottes, ou ces groffes bibles, qu'on nommoit *Bibles de le Jay*, parce qu'elles furent imprimées, dans le dernier fiecle, par les foins & aux dépens du célebre M. le Jay, Avocat au Parlement de Paris.

Avant que de terminer ce qui concerne le carton de pâte, nous dirons un mot de l'ufage qu'on fait fouvent de la pâte de carton : on en forme des creux pour imiter des médailles, ou des bas-reliefs ; pour faire des globes, & même des ouvrages de fculpture beaucoup plus confidérables ; il n'y a pas, jufqu'aux poupées d'enfants, qui font, en matiere de carton, l'objet d'un commerce confidérable.

Chacun peut imiter en petit le travail du Cartonnier, & fe procurer une fubftance de même nature que celle du carton, belle & propre à dif-férents ouvrages. Celui qui ne voudroit qu'une petite quantité de beau carton, bien blanc, pour faire des bas-reliefs, des figures empreintes dans des creux, ou moules de plâtre, des médailles, &c, n'auroit qu'à faire tremper quelque temps des rognures de beau papier, les piler dans un mortier jufqu'à ce qu'elles foient comme de la bouillie, ou comme une crême très-fine ; on applique une petite quantité de cette fubftance dans le moule, un peu huilé, pour que le carton ne s'y attache pas ; on laiffe fécher, ou au moins confolider la pâte dans le moule, & l'on obtient un relief exact.

Les rognures des Cartiers, & à leur défaut, celles des Marchands d'ef-tampes, font les meilleures pour ces fortes d'ouvrages, parce qu'elles ren-ferment déja beaucoup de colle, & font par-là plus difpofées à prendre corps.

On a vu exécuter ainfi, avec une pâte de carton, ou de papier, de très-beaux ouvrages en dorure & en vernis, dans lefquels il étoit difficile de diftinguer, même en y regardant d'affez près, la fimplicité du fond qui portoit ces enduits précieux. On en a fait des taffes qui imitoient la porcelaine de la Chine, fans en avoir la fragilité. On verra dans les def-criptions de plufieurs Arts, des ufages fréquents du carton, & en particulier de celui qui a fait le fujet de notre defcription.

Du Carton de feuilles.

Nous n'avons décrit jufqu'ici que le carton de pâte, c'eft-à-dire celui que l'on broye à la maniere du papier, & qu'on puife avec des formes : il nous refte à dire un mot du carton de feuilles ; foit celui que l'on forme en collant du papier fur un carton de pâte, foit celui qui eft de pur collage, & qui n'eft formé que de l'affemblage de plufieurs feuilles de papier collées ensemble; ce travail appartient principalement à l'art du Cartier; nous n'avons d'ailleurs que peu de chose à en dire.

La colle ordinaire dont on se sert pour les cartes, ou cartons de pur collage, est faite avec de la farine & de l'eau : ceux qui veulent faire de très-belles cartes, y employent la colle d'amidon; mais cela est rare.

On fait bouillir cette colle jusqu'à ce qu'elle ait acquis la consistance nécessaire; le temps qu'il lui faut pour cela, dépend de la quantité d'eau qu'on y a mise, & de la quantité de colle qu'on fait à la fois : un Cartier qui fait environ un muid & demi de colle à la fois, la fait bouillir 5 à 6 heures. Cette colle se passe par un tamis, s'étend avec une large brosse sur le papier. Les papiers collés deux à deux seulement, se mettent en presse, comme les papiers & les cartons ordinaires; mais on ne leur fait éprouver que successivement, & par degrés la force de la presse : on les laisse même un quart-d'heure avant de donner le dernier coup, pour que le papier, ayant eu le temps de se raffermir en perdant un peu de l'humidité & de la colle superflue, ne soit pas exposé à *s'ouvrir*, c'est-à-dire, à se déchirer.

Le carton formé par l'assemblage de deux feuilles de papier, s'étend & se seche comme le carton de pâte; si l'on veut le rendre plus épais, on recommence le même travail : par exemple, pour les cartes à jouer qui sont formées de quatre feuilles, deux feuilles de papier *main-brune*, collées ensemble forment les *étresses*, ou l'ame du carton; on colle ensuite chaque étresse entre une feuille de papier *cartier*, & une feuille de papier à *pot*, & l'on a le carton sur lequel on imprime ensuite les têtes & les points.

Le carton de cette espece sert à plusieurs usages, & sur-tout dans le dessein : on l'appelle à Paris *Carte de Rouen*, parce que c'est en effet de Rouen qu'on en tire la plus grande partie.

Plus les cartons restent en presse, meilleurs ils sont; le temps ordinaire est d'un quart-d'heure; mais on va souvent bien au-delà : ceux qui sont jaloux de faire d'excellents cartons, leur donnent un moment de presse à chaque feuille qu'ils collent; les autres attendent d'avoir une pressée entiere : enfin il y en a qui remettent leurs cartons plusieurs fois en presse pendant le temps qu'ils sechent, & cela jusqu'à quatre ou cinq fois.

On fait sécher les cartons à l'ombre, suspendus au plancher, chacun par deux petits crochets; on les doit laisser jusqu'à ce qu'ils soient réellement secs : l'été est par conséquent la saison la plus favorable pour cette dessi-cation, quoiqu'on ne mette jamais les cartons au soleil, si ce n'est dans une nécessité urgente.

Lậ

La liffe eft à-peu-près femblable à celle dont nous avons parlé plus haut ; ce font des cailloux qu'on y emploie ; cette machine fera décrite ample-met dans l'Art du Cartier que M. DUHAMEL fait actuellement imprimer.

On diftingue dans le commerce de Rouen autant de fortes de cartons, qu'il y a d'efpece de papiers qui fervent à les faire ; les plus ordinaires en-fin, font les cartons de *Papier au pot*, de *Dart*, de *Couronne*, de *Raifin*, de *Cartes bulles*, le *Nom de Jefus*, les *Impériales*, le *Robert*, le *Richard*, les *Cartes-colas*, la *Grande-Echelle*, la *Petite-Echelle*.

Les mêmes noms fe donnent auffi à des papiers communs ; à cela près qu'entre deux feuilles de ces papiers communs, on ajoute pour donner de la force, de petits cartons de pâte bife, ou de gros cartons bis, fi l'on veut avoir une grande épaiffeur.

Ainfi les dimenfions des cartons de collage font les mêmes que celles des papiers dont on les fait, & dont les dimenfions fe trouveront dans notre *Art de faire le papier* : cependant on en fait auffi en cas de befoin, d'une plus grande dimenfion, comme de 5 à 6 pieds de hauteur ; il fuffit alors de faire chevaucher les feuilles de papier les unes fur les autres, jufqu'à ce qu'on foit parvenu aux longueurs & largeurs demandées ; ainfi il n'y a rien à cet égard de fixe ni de déterminé.

Les cartons de pur collage, c'eft-à-dire, faits uniquement de feuilles de papiers collées enfemble, contiennent depuis 5 jufqu'à 20 feuilles, fuivant la force qu'on veut leur donner, & l'ufage arbitraire auquel on les deftine.

Les prix de chaque efpece de cartons font proportionnés à la force, à la grandeur, à la fineffe. On fait des cartes de papier au pot, compofées de trois feuilles, qui ne valent que 50 fols le cent, parce que la feuille du milieu eft d'un carton de pâte bife. Les cartes dont on fait enfuite des jeux en les imprimant de différentes couleurs, valent 3 liv. le cent de feuilles, parce que la feuille du milieu eft un papier d'*étreffe*, ou papier à bougie.

On en fait de 4 feuilles de papier, dont les deux du milieu font de *main-brune*, même qualité que le papier au pot, à la couleur près ; les feuilles de deffus font d'un papier plus ou moins beau, ce qui fait varier le prix de cette forte, depuis 3 liv. jufqu'à 6 liv. le cent. Voici le prix des autres fortes dont nous avons parlé, en communs & en fins.

EN COMMUNS.		EN FINS.	
Le Raifin . . .	8 liv.	Les Cartes bulles . .	16
Le Dart . . .	12	Le Grand Raifin . .	18 liv.
La Petite-Echelle . .	20	Le Nom de Jefus . .	36
Le Colas . . .	26	Les Impériales . . .	70
La Grande-Echelle	30	Le Robert . . .	100
Le Richard . .	30	Le Richard . . .	100

CARTONNIER.   G

Au reste, on sent assez que les cartons ne sauroient avoir de prix déterminé; dès-lors qu'on fait varier à volonté la beauté du papier & le nombre de feuilles dont il est composé.

Des Boîtes de Carton.

LES boîtes ou tabatieres de carton, les coffres, les étuis, & autres ouvrages vernissés, qui, depuis quelques années font si fort à la mode, se
font aussi bien que le carton de feuilles avec des couches de papier collées
l'une sur l'autre. Le rapport qu'il y a entre ces deux sortes d'ouvrages,
nous a déterminés à ne les pas séparer : mais nous ne parlerons des tabatieres
qu'à raison du carton qui en est la base ; le reste appartiendra aux Arts du Tabletier & du Vernisseur.

Ces petits meubles se faisoient autrefois avec une pâte de carton, sem-
blable à celle dont nous avons parlé à l'occasion de la sculpture, & que l'on
mouloit à volonté ; ce n'étoit même souvent que du papier ordinaire
que l'on faisoit macérer, & comme pourrir dans l'eau, pour en former cette
pâte.

Ce fut vers l'an 1740, que M. Martin l'aîné, habile Vernisseur, qui
le premier a excellé dans ce genre, imagina de former ces tabatieres d'une
maniere toute différente.

Ce célebre Artiste avoit été déterminé par un hazard heureux, vers l'Art
où il s'est distingué par-dessus tous les autres. M. Lefevre amateur de l'art
des vernis, qui avoit fait avec M. d'Ons-en-Bray, diverses expériences,
étoit voisin du pere de M. Martin : la curiosité fit prendre à celui-ci quelques notions de ce travail ; il les mit en pratique ; il les perfectionna ; il
forma des établissements, & il réussit au point de donner son nom à ce
qui s'est fait de plus beau dans ce genre : M. Giros a succédé, depuis la
mort de M. Martin, à sa réputation, & à ses succès dans le travail du
vernis : il a bien voulu nous procurer sur le carton les facilités nécessaires.

Pour revenir aux boîtes de carton que M. Martin imagina, & que l'on
emploie généralement aujourd'hui, on en distingue de plusieurs grandeurs,
qu'on désigne par les noms de *petit-rien*, *zéro*, *numéro 1*, *n°. 2*, *no. 3*, &c.
jusqu'au n°. 8, qui forme les tabatieres d'homme les plus grandes & les
plus ordinaires, qui ont 3 pouces de diametre : nous prendrons la grandeur
du numéro 8 pour exemple, dans le petit détail que nous avons à donner
de cet ouvrage.

On a un grand nombre de moules de bois de la grandeur & de la forme
qu'on se propose de donner à une tabatiere : une Ouvriere peut en préparer
200 dans un jour ; mais il faut un bien plus grand nombre de moules, parce
que l'opération doit durer 5 jours ; d'ailleurs la *cuvette* d'une tabatiere, c'est-
à-dire, la partie inférieure, exige aussi-bien que le dessus, un moule séparé.

Le travail du premier jour confifte à revêtir le moule d'une fimple *bande* de papier mouillé, en même temps qu'on y applique un *fond* de papier : c'eft ce qu'on appelle la *couche à l'eau* ; l'humidité fuffit pour donner à cette couche une adhérence médiocre ; jufqu'à ce qu'on y veuille appliquer les bandes collées ; mais elle n'empêche pas qu'on ne puiffe enfuite retirer ai-fément la tabatiere de deffus le moule ; au contraire la feuille à l'eau garantit le moule des petites portions de colle qui y attacheroient la tabatiere, & en rendroient enfuite l'extraction prefqu'impoffible : pour cet effet, la feuille à l'eau doit être beaucoup plus large que les autres, & revêtir exac-tement le moule tout entier ; de peur que s'il y avoit un intervalle vuide, il ne s'y logeât de la colle qui attacheroit la boîte fur le moule.

Le fecond jour, l'Ouvriere met à côté d'elle, dans un grand panier, les 200 moules recouverts le premier jour, & les reprend l'un après l'au-tre, pour y coller la premiere couche, & les met à mefure dans un autre panier. Pour former cette premiere couche, on commence par couper de petites bandes de papier, de la hauteur qu'on veut donner à la boîte, dont chacune peut faire deux tours entiers fur le moule, & même un peu plus. On coupe auffi des quarrés de papier, dont la largeur foit un peu plus grande que le diametre de la boîte ; on en colle huit l'un fur l'autre, en les croifant, c'eft-à-dire, en plaçant les angles de l'un fur le milieu des côtés de l'autre ; enforte que les huit enfemble ont, pour ainfi dire, la forme d'une étoile à plufieurs rayons ; c'eft cet affemblage qu'on appelle le *quarré*, & qui doit faire le fond de la tabatiere ; un autre quarré femblable en forme le deffus.

On étend fur la table une bande de papier, & avec les doigts on y paffe de la colle, on en applique une feconde fur cette premiere, & on l'en-colle également ; ces deux bandes unies, en formant une double épaiffeur, fe plient autour du moule fur la feuille à l'eau, dont elles font le tour deux fois, & au-delà : on applique enfuite le quarré dont on rabat les angles tout autour avec la main ; on remet fur ces angles une nouvelle bande pour les bien contenir ; on fait enforte que cette bande déborde & recouvre l'angle ou l'arête qui regne tout autour d'une boîte, pour le for-tifier davantage. Ainfi la premiere couche contient un quarré formé de huit doubles de papier, & trois bandes qui font environ fix à fept tours, où fix à fept épaiffeurs de papier fur le contour de la cuvette, & du deffus.

Les moules ainfi chargés de leur premiere couche, fe mettent dans une étuve : c'eft une grande armoire de 8 pieds de haut fur autant de largeur, & 3 pieds de profondeur : la partie baffe eft revêtue de briques, & l'on y met des charbons allumés, dont la vapeur n'a d'autre iffue que l'étendue de cette étuve ; ce qui la rend quelquefois très-malfaifante. Au-deffus il y a plufieurs grilles de fil d'archal fur lefquelles on jette les moules, & on les y laiſſe quelques heures, juſqu'à ce que la couche ſoit parfaitement ſeche.

Le matin on garnit 200 moules de cuvettes, & l'après-dîner les deſſus des boîtes qui ſe font de la même maniere, avec cette ſeule différence que les bandes ſont plus étroites.

Le lendemain on applique ſur chaque moule une ſeconde couche ſemblable à la premiere, avec une bande de plus; c'eſt-à-dire, qu'on met quatre bandes au lieu de trois, & ainſi de ſuite de jour à autre, juſqu'à la cinquieme couche qui n'eſt que de trois bandes, auſſi-bien que la premiere, les couches intermédiaires étant de quatre bandes chacune.

Le ſixieme jour on les déchauſſe, c'eſt-à-dire, qu'on ôte les boîtes de deſſus les moules; ſouvent il ſuffit de les tirer avec la main, ſans effort; quelquefois cela eſt un peu plus difficile; on eſt obligé d'en déchirer les bords, & de donner pluſieurs coups ſur la boîte; lorſque la boîte a quitté le moule, on en détache aiſément la feuille à l'eau, qui eſt à peine collée dans l'intérieur de la boîte.

Auſſi-tôt qu'on a déchauſſé les moules, on recommence à les garnir de la couche à l'eau : les deux opérations peuvent ſe faire le même jour, parce qu'elles ne ſont pas longues.

Le total des cinq couches forment donc cinq quarrés & dix-huit bandes; chaque quarré a huit épaiſſeurs de papier; ainſi la tabatiere dont nous venons de décrire la fabrication en carton, a quarante épaiſſeurs ſur le fond, & environ autant tout autour, parce que chacune des dix-huit bandes fait un peu plus de deux tours.

Les numéros moindres, ou grandeurs plus petites en exigent un peu moins; mais cela va communément à 15 ou 16 bandes.

A chaque fois qu'une couche eſt ſéchée dans l'étuve, un homme eſt chargé d'enlever les inégalités, & de raper les angles au moyen d'une rape ou lime ſemblable à celle dont on ſe ſert pour unir le bois dans certains arts : cette opération ſe fait extrêmement vîte; un ſeul Ouvrier peut ſuffire à raper les boîtes de 4 Colleuſes; & cela eſt abſolument néceſſaire pour qu'une couche prenne ſur la précédente, & puiſſe s'y appliquer exactement.

Cette rapure de papier n'eſt pas perdue; les Cartonniers s'en ſervent pour faire de mauvais cartons, tels que les étuis de chapeaux & de manchons, & ils l'achetent trois liards la livre, c'eſt-à-dire, la moitié du prix des rognures ordinaires, dont on fait le meilleur carton.

Le papier dont on ſe ſert dans le travail que nous venons de décrire, doit être un *papier fin*, c'eſt-à-dire d'une belle pâte, qui ait de la force & de la blancheur; c'eſt aſſez communément le *carré* de Caen, dont ſe
ſervent

fervent les Ouvriers de Paris pour les belles tabatieres, quelquefois auſſi du *Champy*.

La colle doit être faite avec de belle farine de froment, telle qu'on l'emploie pour faire du pain ; pour peu qu'elle fût inégale, groſſiere, grumeleuſe, on ne pourroit parvenir à faire des boîtes liſſes & ſolides, telles qu'on les exige pour les vernis ; on verroit des trous, des veſſies, des aſpérités ſans nombre.

Les boîtes, après avoir été ôtés de deſſus le moule, ſe livrent aux Tourneurs qui enlevent les bords, ou les endroits défectueux, & qui ajuſtent les deſſus de maniere à fermer exactement : ce carton a toute la fermeté néceſſaire pour ſe couper auſſi net que du bois, & ſe former à la gouge & à l'outil : les tabatieres ſont faites en ſortant de deſſus le tour, de maniere qu'elles pourroient ſervir, même ſans aucun vernis. Ainſi notre objet eſt rempli à l'égard des tabatieres de carton dont nous n'avons parlé qu'à raiſon de la matiere dont elles ſont formées ; le reſte appartient aux Arts du Verniſſeur, du Tabletier & du Tourneur.

EXPLICATION DES FIGURES
DU CARTONNIER.

Le haut de la planche repréſente les trois actions principales de cet Art, marquées des chiffres 1, 2 & 3.

La premiere eſt celle du cheval qui tourne la matiere ou la pâte du carton dans ce qu'on appelle la *Pierre*.

La ſeconde action eſt celle de l'Ouvrier de cuve qui puiſe la pâte avec une forme ou chaſſis pour coucher enſuite ſa feuille ſur le tas qu'on apperçoit devant lui.

La troiſieme eſt celle de l'Ouvrier qui preſſe les cartons : on n'en a repréſenté qu'un, quoique ſouvent il y ait trois ou quatre hommes ſur le tour.

a a, Jumelles de la preſſe.

b, Ecrou qui ſert de ſommier, & qui aſſemble les jumelles par le haut.

c, La vis de la preſſe.

d, La lanterne dans laquelle on p   le levier.

e, La ſelle ſur laquelle porte la lanterne pour fouler les cartons.

f, Différentes pieces de bois, en long & en travers, qu'on place ſur la planche qui couvre les cartons.

g, Cartons en preſſe.

h, Planche ou égouttoir qui porte les cartons.

i, Sommier inférieur, avec une eſpece de gouttiere pour raſſembler l'eau qu'on exprime des cartons, & la faire couler dans un vaſe.

k, Petit tonneau qui reçoit l'eau de la gouttiere.

l, Cable attaché au levier de la presse.

m, Moulinet sur lequel s'enveloppe le cable, & qui sert à presser avec plus de force.

n, Levier qui traverse l'arbre du moulinet : on en met quelquefois deux qui se croisent à angles droits.

A, Arbre qui tourne la matiere du carton dans la pierre ; les couteaux sont marqués dans leur place par 1, 2, 3, 4 ; les couteaux démontés ou détachés de leur arbre, sont 5 & 6 ; les pitons qui entrent dans l'arbre pour porter les couteaux, sont marqués 7 & 8.

B, Aile de l'arteloire ; les pieces de bois marquées *a a*, servent de timons, & l'on voit en *ee* les os de moutons qui tiennent au collier du cheval.

C, Cuve de bois qu'on appelle improprement la *Pierre*.

c, Crapaudine qui doit être attachée au fond de la pierre.

D, Pelloir ou racloir qui sert à arracher ou rompre la matiere.

E, Auge à rompre : l'auge du trempis est souvent toute pareille.

F, Forme (ou moule) composée d'un treillis de fil de laiton.

G, Rateau avec lequel on remue la pâte.

H, Egouttoir sur lequel on place les formes qui sortent de la cuve ; on les y laisse pendant quelques minutes.

I, Cuve de l'Ouvrier dans laquelle on délaye & l'on puise la matiere du carton.

K, Tonneau dans lequel retombe l'eau de l'égouttoir.

L, Chaudiere ou chaudron dans lequel on fait bouillir la colle.

M, Trépied sur lequel on place la chaudiere.

N, Brosse qui sert à étendre la colle.

O, La lisse ou piece de bois garnie de deux poignées, & d'un rouleau de fer pour lisser le carton ; elle est renversée pour laisser voir le rouleau.

o, Cavité dans laquelle entre le bâton de la lisse.

P, Cartons empilés.

Q, Auge ou petit égouttoir sur lequel on couche les cartons, & qu'on amene dessous la presse.

R, Cuvette où l'on verse la colle quand elle est cuite, pour la mêler & la laisser refroidir.

S, Epingle qui sert à suspendre les cartons dans l'étendoir.

FIN DE L'ART DU CARTONNIER,

Juillet 1762.

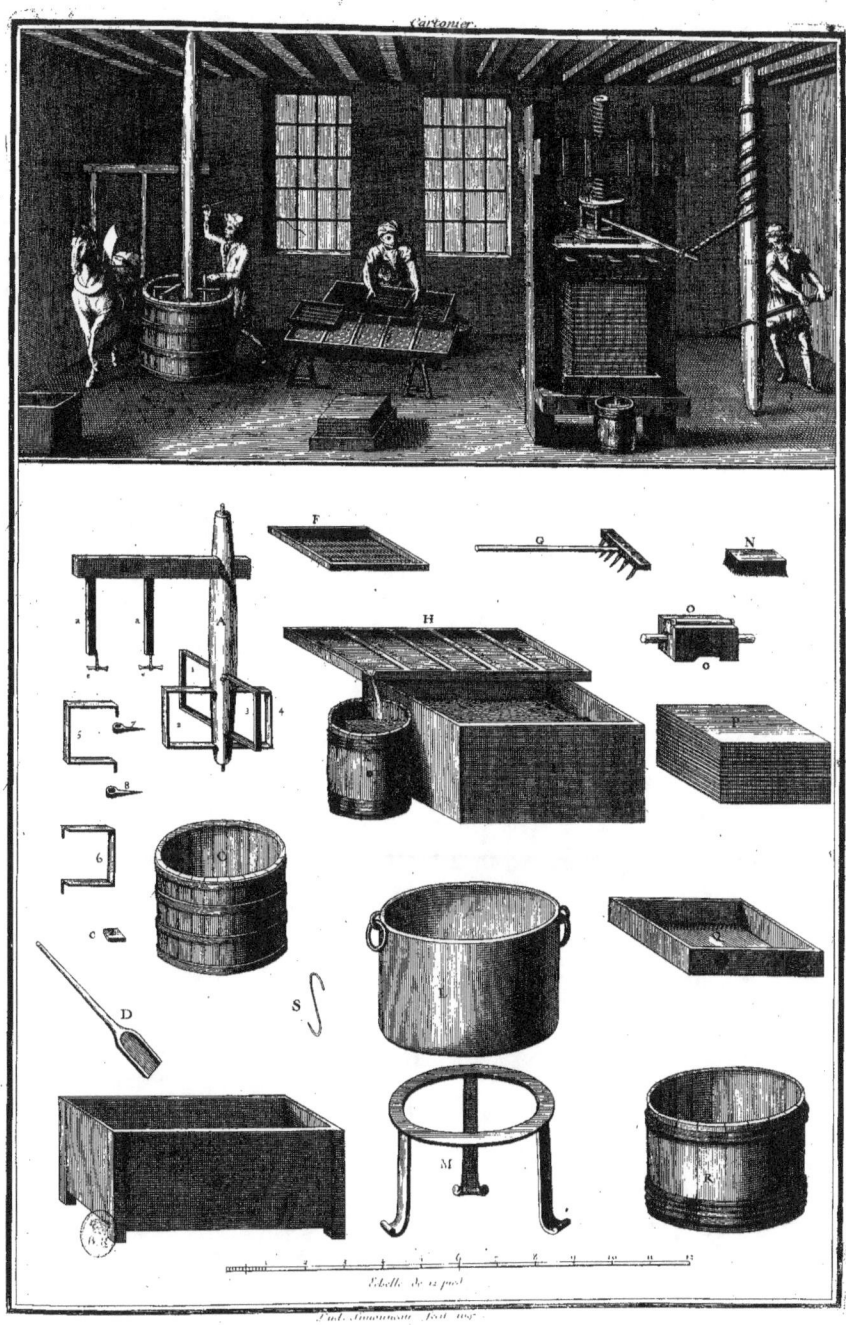

Cartonier.

www.ingramcontent.com/pod-product-compliance
Lightning Source LLC
Chambersburg PA
CBHW061704180626
46818CB00003B/1247